푸른
시인선
025

뜨거움은 꽃으로 피고

이경규 시집

푸른시인선 025

뜨거움은 꽃으로 피고

초판 1쇄 인쇄 · 2021년 12월 27일
초판 1쇄 발행 · 2022년 1월 7일

지은이 · 이경규
펴낸이 · 김화정
펴낸곳 · 푸른생각

편집 · 지순이 | 교정 · 김수란
등록 · 1999년 7월 8일 제2-2876호
주소 · 서울시 마포구 토정로 222, 402호(신수동, 한국출판콘텐츠센터)
대표전화 · 031) 955-9111(2) | 팩시밀리 · 031) 955-9114
이메일 · prun21c@hanmail.net
홈페이지 · http://www.prun21c.com

ⓒ 이경규, 2022

ISBN 979-11-92149-01-1   03810
값 11,000원

뜨거움은 꽃으로 피고

힘들면 언제든
아버지 그 한 말씀
어머니는 눈물

떠나온 고향에
노을처럼 가을이 내리면
쓸쓸한 산촌에
기웃기웃 등 굽은 그림자 하나

아버지 감이 저렇게 익었습니다
어머니 호박 누렁탱이 어쩔까요

언제든 오라시던
아버지 어머니 눈물처럼
이슬 차게 내리는 고향
낙엽 지듯
나 그렇게 내린다

첫 시집에 며칠째 겁먹다가 서늘한 꿈을 꾸었습니다.
엉터리 시, 죄책감이 큽니다.

2021년 깊은 가을날

이 경 규

| 차례 |

■ 시인의 말   4

제1부 **봄을 앓다**

13   장독대

14   커피 그대 편지

16   그대 가고 봄비 오네

18   이팝나무 꽃

20   봄을 앓다

21   꽃샘추위

22   매화

24   결혼

26   벚꽃

28   산수유꽃

29   백목련

30   그쪽

31   해바라기

32   사랑이 떠나가듯 봄은

33   숯불갈비

제2부 부모님 전 상서

37   국수 먹는 법

38   돌

40   이제 보니

41   초롱꽃

42   기울어지는 일

43   등나무 꽃

44   어머니 전 상서

45   아카시아꽃

46   그대의 오월

48   생과자

49   매미 소리

50   산이 이르기를

52   라일락꽃 앞에서

53   여름, 밤비 따라가네

제3부 짜장면 먹는 날

57   가을 쇠자

58   웃음 미학

60   눈물

62   가을 연정

64   짜장면

66   가을은

67   라면

68   할슈타트에 녹다

70   메주

72   누구나 별이다

74   가을비 맞으며

76   시월의 찬가

78   추석

80   북천 꽃천지

82   단풍은 안 될까요

84   소주

제4부 그 길 어디든 꽃길일지니

87 하동읍

90 기적

91 붕어빵

92 눈물 나는 날

94 눈꽃

95 동지팥죽

96 한밤에 눈 내리니

98 꽃길

100 연탄 백 장

101 집

102 별일 없는 일

104 청국장

106 머위

107 내 삶에 온 대통령

108 어떤 사랑

109 사랑을 느낄 때

110 떡국

115 작품 해설 인고의 세월 속에서 피워낸
            한 송이 꽃 — 전기철

제1부

봄을 앓다

장독대

어머니 얼굴 천 개쯤 고르게 들어앉아
속 끓이고 숨죽이고 얼어붙다가
때때로 저녁 밥상 다녀가시면서
야들아 내 잘 있다

그렇게도 날마다 닦고 또 닦아서
거울처럼 반짝이는
어쩌면 어머니, 우리 어머니

손만 얹어도 다가오는 입김 같은 온기
뚜껑 열어 내려다보면 아 어머니
왈칵 눈물 쏟아져 급히 닫으려니
어디선가 날 부르는
젖은 메아리 모여 사는 곳이 있다

커피 그대 편지

그 커피점에만 가면
하얀 편지지 위에
그대를 쏟고 싶다가
커피를 찍어 편지를 쓰고 싶기도

깊숙이 파고들던 잔잔한 음성
여운이 긴 미소
이국 바다의 파도 소리
알프스의 꽃을 부르던 바람
모두 그대라고 쓸 거다

짙은 머리카락
그 맑고 깊은 눈동자
커피 색을 닮은 립스틱
그대가 커피였다는 것도 쓰겠지

바다에서 부르던 연가의 가사 두 줄과
함께 세던 별들의 안부를 쓰고는

허름한 백반집 점심 후
우아한 마무리라며 커피를 들던 날의
즐거운 회상까지 쓰면 눈물도 나리라

어떻게든 눈치는 채겠지만
그대가 내 아픔인 것은 차마 쓰지 못하겠다

추억은 뜨거움을 부르고
나는 입을 맞추듯 커피 한 모금
그리운 그대는 어디 있길래
뜨거운 이 한 잔에 이토록 가득 어리는가

아직도 내 사랑이란 마지막 인사는
결국 뜨거운 눈물로 쓰겠다

그대 가고 봄비 오네

술값 아껴 산 꽃 그녀에게 주었는데
모퉁이를 돈 길가에 버려졌다
내 얼굴이 버려진 일
그 꽃은 그런 것이었다

꽃은 땅에서 눈 부라린 채로
밟히고 차이다 쓰레기가 됐다

예보에도 없던 비가 내렸다
쓰레기가 된 그것 위에도
차갑지 않은 봄비는 내려
얼마간은 생명이 이어질 거다

날궂이 술에 취한 나는
봄비에도 취해서
버려진 그 꽃을 또 보았다
술이 깨고 정신이 들고

버려진 건 너라고 외쳤다

봄비가 희망이랬지
그대 가고 봄비 오니 새 사람 올 테다
전에 없던 용기고 의미
봄비는 그래서 오는 거다

이팝나무 꽃

집 어귀 한길에 이팝꽃 피면
할머니는 쌀꽃아 쌀꽃아
쳐다만 봐도 배부르구나

하는 일 없어서 소화도 안 된다며
먹성 좋던 내게
매번 밥그릇 절반을 덜어주셨는데

이팝나무 하얀 쌀꽃
눈처럼 쏟아져 내린 날
밥만 축내고 간다며
미안하다 미안하다 샛별 쫓아가셨지

올해도 할머니 밥술 같은
이팝나무 하얀 쌀꽃은 피어
불효를 자책하는 아버진 술을 당기고
왜 힘들 때 가셨냐 엄마는 울먹울먹

아침상에 쌀꽃 수북이 어리고

한길 이팝꽃 쌀 서너 섬 뿌린 듯

아 할머닌 어느 가지 쌀꽃이 되셨을까

봄을 앓다

누가 부르지 않아도
대답하듯 문을 열고 나가서는
온몸에 달달한 전기가 돈다며
산으로 들로 쏘다니다가

까마귀 떼 내려앉은 보리밭 언덕에
노을빛 곱게 덮여오면
노래만 남기고 그 속으로 가는
나물 캐던 사람들
돌아서서 나를 부를 때까지

내가 꽃인 줄 알다가
퍼뜩 뻐꾸기 소리를 지르고는
황급히 정신 차리는 이상한 일들 깊었다

꽃샘추위

그만큼 길고 혹독했음 됐지
가는 마당 꼬장까지 부리느냐

봄도 그렇지 조금 늦게 와도 되거늘
겨울 채 떠나기도 전에
고개 드밀어 화 돋울 건 뭐더냐

세상에 온 것치고
순순히 가는 건 없더라
뒤에 오는 것이 꽃이면
떠나는 것도 꽃 대접해서 보내자

뼈마디 저리듯
끙끙 앓는 신음 소리 내면서 오고
해마다 씨름하듯 와서야
딴 것도 아니고 봄이 그리 와서야

매화

사람이건 나무건 별이건
아무튼 죽자 살자 매달리면
사달 나게 돼 있다
그 겨울 눈꽃 그냥 간 줄 알았고
그 가지들 봄만 기다리는 줄 알았다

세상에 그냥 있는 건 없었다
얼음장 된 차디찬 것들이
사랑 하난 얼마나 뜨거웠길래
눈꽃 빼박은 것들 줄줄이 낳아
꽃으로 향기로 처절히 절규하는가

겨울은 추위로 감춘 뜨거움이었고
삭풍도 혼신을 다하니 꽃바람 되었다

뭐든 죽자 살자 매달리면 꼭 피고
하다 하다 안 되면 붉게라도 피더라

어디 백매(白梅)만 매화냐며

얼굴 붉은 꽃도 있더라

결혼

폭포수 한 방울 십 리를 날아가
풀씨 하나 만나 마침내 싹트는 것
인연은 그런 거다

그 인연 십만 번쯤 일어나니
아, 결혼이다

얼마나 많은 커피와 술을 마시고
얼마나 많은 밥을 같이 먹고
같이 걷느라 닳은 신발은 또 얼마인가
걸어온 길과 같이 갈 길을 말하고
이젠 말 안 해도 알고
그 일들과 그 말들 이제 길이 된다

찬바람 들어오는 바람구멍
손가락 넣어 막더라도
순순히 교대하는 사이가 된다

잘 가라며 흔들던 그 손으로
우리 먹을 찬거리를 사들고
우리 아이를 안고
같이 갈 이정표 내다 걸
이제 그 일들 시작이다

등대가 되고 신호등이 되고
다리와 노래와 우산도 되는
아, 어마어마한 일
그게 되는 거다

꽃잎 펄펄 뜨겁게 난다
우리 그 꽃잎이다

벚꽃

수많은 겨울밤들 홀로 지샌 기구한 삶과 한들이 하얗게
하얗게 속 터지고 있습니다

몇 밤씩은 하얗게 지새지 않고서 어찌 삶을 논하겠냐 얘
기에 얼마나 귀 기울였는지 결국 하얗게 피었고, 그 밤의
자신들을 보는 것 같다며 사람들은 저렇게 열광하네요

아픔이 지나가면 꽃 시절 온단 말을 대대로 깨우쳐주는
것이 참 고마워서 봄날의 흥겨운 장단 그대와 나누려고 곁
은 언제나 뜨겁습니다

그대를 두고서 떠나간 눈꽃들의 앙코르 무대란 말도 하
지만, 실은 눈꽃 시샘하던 오만 별들이 죄다 내린 건 아닐
까요

뻐꾸기가 뻐꾹뻐꾹 운댔는데 가만 귀 기울여보니 벚꽃
벚꽃 하며 울지 않나요, 감히 그대에게 안길 수 없는 슬픔

을 토하는가 봅니다

  강토 삼천리도, 삼면의 바다도, 오천만 동포도 한껏 들뜨
게 해놓고는 들뜬 바람 타고 떠나는 건 무슨 조화인가요

  화려하게 등장하여 그 모습 하나 흐트러지지 않고, 박수 칠
때 떠나는 그대 가는 그 길은 또 하나의 뜨거운 눈길입니다

산수유꽃

내가 산수유꽃 보러 간다면
제발 좀 말려주시게
내 그 꽃이랑 무슨 연이 있는지
갔다가 바람난 게
어디 한두 번이라야 말이지

그래도 굳이 나서거든
산수유나무에다 꽁꽁 묶어주시게
그 꽃 다 질 때까진 끄떡없을 걸세
뭣 땜에 뜨건 몸인데
어디 그리 쉽게 죽겠는가

하필이면 이른 봄에 피어서는
봄철 내내 눈앞 노란 게 사람 환장한다네
봄일 볼장 다 본 거는
어디 하소연할 데도 없소

백목련

보릿고개에
흰 목련꽃 벙그는 걸 보면서
저거 감자라면
저거 고구마라면

하얗게 꽃 핀 걸 보며
저거 흰쌀 절편이라면

흰옷 입고 일 나가던 울 엄마
흰 고무신 신은 아이 부러워하던
머리 하얘지도록 생각나는 슬픈 추억들

보릿고개의 흰 목련꽃
지금 웃는 만큼이나
그때는 참 아팠다

그쪽

이름 부르기가 애매할 때도
어딘가 끌림 같은 거 있을 때도
"그쪽"

사랑은 그쪽으로 시작해
그대가 된다

참 신기한 호칭
"그쪽"

해바라기

가슴팍 촘촘히 아픔들 박은 채
목뼈 휘도록 도리질하면서도
해를 포기하지 않고
희망을 좇던
우리 아버지 어머니셨다

그리 사셨지
해 뜨는 한 희망이라고
해 같은 얼굴 지으라며
촘촘히 꿈을 박아주시던

집에 온 해 행운이라기에
해바라기 지천의 그림을 걸었지만
때론 그리움 반 눈물 반 어른어른

사랑이 떠나가듯 봄은

겨울이 길었던 만큼
봄날도 한참 갈 줄 알았다
봄옷 한번 제대로 입지도 못했는데
선걸음 막 되돌리듯 등을 보인다

내 첫사랑 딱 그렇게 갔었지
어렵게 이뤘는데 사소한 일로 끝났다
잘난 것들 끝은 다 그런가 봐
막아서고 붙잡고 싶은 것도 꼭 같아

세상엔 식어서 종 치는 것이 있고
뜨겁게 끝나는 것도 있다지만
좋은 건 좋게
봄은 올 때처럼 그리 가야 맞는 거지

내 잘못 땜에 그런 것도 아닌데
이 억울함 어디서 풀지

숯불갈비

용돈 아끼고 아껴선
갈비 좋아하는 아내를 데리고
수입소 숯불갈비에 간다

소주 한 병은 시켜야지
아내에게 갈비 한 점이라도 더 가려면
나는 술을 들고 말도 많아야 한다

식구들에게 미안하고 부끄러워서
누가 이걸 만들었냐고 원망하며
나는 내 안의 설움을 속으로 씹는다

또 여길 오려면 얼마나 지나야 하고
몇 푼 용돈은 또 얼마나 아껴야 할까
울컥하니 눈물 돌고
연기 탓하며 눈가 훔친다

제2부

부모님 전 상서

국수 먹는 법

국수는 먹는 게 아니라
입으로 모셔오는 것

오감 짜릿한 입속 축제를 열고는
내 안으로 화려하게 보내드리는 것

예쁜 아내를 얻거나
좋은 남편을 보는 것만큼
국수는 행복인데
면치기라며 막 빨아들인다면
진주 알로 구슬치기 하는 것

가닥가닥 다 느껴보고
길게 누리라는 국수의 의미를
제발 허물지 말아다오

돌

돌 보기를 어른같이 해야 한다
산길에 밟고 다니던 그 돌
아버지 묘석이 되어 내게 큰절 받는다

개울가에 누워 있던 그 돌
시내 큰 공원 시비(詩碑)가 됐고,
뒷산 암자 옆 바윗돌에 부처님 새기니
오만 사람들 두 손 모아 큰절,
학교 세울 때 논 열 마지기 희사한
친구 할아버지 일화도 돌에 새겨져 있다

돌 보기를 희망같이 해야 한다
사회 첫발 디딜 때
검정 구두 댓돌을 박차고 나아갔었고
나폴레옹 군대 돌문을 들어서고야
비로소 승리의 꽃다발 받았었다

갖가지 금은보화들이

누구 몸을 빌려 있었던가

밭가에 뒹구는 잡석도 팔자를 펴는데

나도 언제까지 흙 속의 돌이겠느냐

돌 보기를 금같이 해야 한다

이제 보니

바다를 꿈꾸는 건
물이 아니라 산이었어

산 스스로 바다에 가질 못해
높고 깊은 품 열어
물을 보내는 거였어

물이 흘러가는 건
순전히 기울여주는 산의 힘
실은 산이 다가가는 일이지

산을 가장 그리는 건 바다야
물그림자로 꼭 담아두고는
어쩔 줄 몰라 그저 출렁출렁

그게 설렘인 걸
이제야 알았으니

초롱꽃

오월은 하루하루가 금쪽같아서
날 저무는 일로
억장 무너질 때도 더러 있었는데

초롱초롱한 눈망울로
구름보다 흰 등불 든 채
이 계절 밝히는 혼불이 있었으니

세상이 어둡다는 말은
이제 차마 못 하겠다

기울어지는 일

바로 서려고
너무 애쓰지 마라

우산 기울여주고
물 흘려보내고
아이들 미끄럼 타고
스키 타고

사랑을 주고
그대에게 와락 무너지고

세상엔 기울어져야 할 것들 참 많다
그것이 그리도 긴한 일일 줄이야

등나무 꽃

손길 자꾸만 뻗어서는
품속 같은 그늘 만들더니
기어코 꽃등불까지

가진 것 다 내주고
할 수 있는 것 다 해주고도
더 줄 수 없어 가슴 치시던
딱 엄마 젖가슴이다

평생 가슴에 든 피멍이
밖으로 나온다면
등꽃만큼은 되겠지

그렁그렁한 눈물처럼
꽃등불은 바람에 수런거리고
언제나 수심으로 굳어 사시던
아 엄마 얼굴
울먹한 꽃그늘에 어른어른

어머니 전 상서

울 엄마 주름살만큼이나
줄이 많이 간 편지지를 놓고

어머니 전 상서

딱 그렇게 써놓고는
긴 한숨 벌써 몇 번째

눈물 핑 돌아 편지지 안 보이고
가슴 먹먹해져 쓸 수가 없으니

편지 한번 못 받아보신
아, 울 엄마 팔자

아카시아꽃

미녀에겐 긴 손톱이 있었지
너의 가시를 이해하마

기품 있는 미모에 고급진 향기
네 앞에선
봄들이 다 어이없는 열패감이다

눈앞 환한 흰 꽃등불
어쩌면 주렁주렁 애틋한 눈물이라도
오월은 너의 아름다움으로 눈부시니
오월의 축복 절반은 네 몫이다

아, 아카시아 꽃숲 함께 찾던 그대
아프도록 그리운 추억의 꽃날들
오월 하늘에 날리는 찬란한 빛들

그대의 오월

오월은 그대의 것입니다
온전히 그대가 가져야 합니다

아름다운 꽃들과 향기와
시리도록 눈부신 신록
부드러운 바람과 빛나는 창공
나는 차마 바라볼 수도 없습니다

그대가 목에 걸고
그대가 가슴에 안고
오월의 거리에 나가면
나는 그댈 따르며 흩뿌리는 향기를 담고
청량한 소리로 노래를 부르겠습니다

오월은 그대에게 가서
그대가 꽃이 되고
꽃은 그대가 되는 즐거운 화원의 날들

그것만으로도 나는 행복에 겨워 죽습니다

오월엔 숨이 여러 번 넘어갑니다

생과자

늘 한 봉지 더 사고 싶다
아버지 거 한 봉지 더

가게 앞을 지나면
불쑥 들어가 아버지 얼굴 같은 과자들
묵묵히 바라보다 인사도 하고 싶다

어머니 기다리세요 생과자 갑니다
어머닌 언제까지 기다려주실까
들고 나오는 봉지엔 먹먹함이 더 많고
그 위론 늘 안개가 서린다

맘껏 즐기지도 못했고
좋아하신 티 안 낸다고 그걸 몰랐다니
아 생과자집은 눈물을 팔고
아버지 어머니를 덤으로 주는 곳

아버지 거 한 봉지 더 산다
어머니 기다리세요 생과자 갑니다

매미 소리

땅속 생활 칠팔 년에
바깥 살이 고작 십여 일
그래도 오만가지 말 다 참고
오직 사랑 하나 목숨 건 채
딱 그 이름만 부르는데

말 많고 허풍 센 나는
찌릿찌릿 파고드는 경종도 모르고
그 소리 재운다며
정작 몇 배는 더 요란하다

죽자 살자 뜨겁게
이름 한 번 불러본 적 없는 내가
그 애절함 당최 알 리 없으니

산이 이르기를

비울 사람과 채울 사람이 가고
괴롭거나 슬픈 사람이 가서는
아무것도 못 한 채 내려와도
산은 아무튼 다 들어준다 하더라

정상의 길도 여러 갈래
높이 오를수록 어렵고 힘든 것
딱 인생길과 같지 않냐고 하더라

힘든 건 나눠 지고
맞닥뜨리면 비켜서란다
등산의 참맛은 내려오는 데 있고
산의 본령도 하산에 있다 하더라

산이 높은 것은
낮은 곳을 잘 살피라는 뜻
진정한 정상도

가장 아래에서 찾으라 하더라

바닥에 이를수록 더 크게 품고
낮은 곳에 자신을 더 많이 내어주면
사람도 산이 된다 하더라

라일락꽃 앞에서

음계 라 높이로
경쾌하게 불러야 향기를 내어주고
달려오며 나를 부르는 그대 하이톤
그렇게 부를 때만
비로소 고갯짓으로 답하지

어떤 이름도 함부로 할 수 없는데
막 대하는 일 세상에 널브러졌다

라일락꽃 부를 때면
세상의 모든 것은
언제나 향기로 답하고
최선의 모습으로 다가오거늘

여름, 밤비 따라가네

지극한 것들은
지극한 것에 흔들리는 것
밤비 눈물처럼 내리는데
어떤 목석인들 안 넘어가리

하룻밤 흐느낌에
다 내어주는 것 이해는 한다만
뜨거워지는 일에 혼신을 바치고
그리도 지켜야 했던가 묻고 싶다

창가에 서성이는 서늘함
새로운 것이 오는 건
한 시절이 밀려난다는 것
보내는 일에 마음 더 쓰인다

막상 떠나면 그리울 것들 많고
지겹게 뜨거웠던 날들도 추억 되겠지
그런 것들 밤비가 거둬서 참 다행이다

제3부

짜장면 먹는 날

가을 쇠자

분주하게 설레다가
명절 고향 가듯
온 민족 단풍으로 든다

사랑은 다시 오고
추억은 더 아름답고
홀로 차를 들어도 좋아라

달력 빨간 날짜 아니어도
날마다 명절
그래 가을은 쇠는 거다

웃음 미학

진지한 슬픔도 배우는 거래서
나는 웃는 것을 일삼아 배우기로 했다
좋은 일 기쁜 일은 당연히 웃고
그냥 실실 웃는 것도
우는 것보다 얼마나 좋으냐

괴롭고 쓰리고 힘들고
지쳐서 죽을 것 같은데도 웃는 사람
웃는 것을 배운 사람이다

웃음을 아는 사람
웃음을 즐기는 사람은
외로움도
슬픔도
괴로움도 더 탄다
그런데도 웃는 것은 자존심이다
한잔 술로 이겨내는 것보다

얼마나 더 숭고한가

웃자
눈물을 이기는 것이
꼭 웃는 일이기야 하겠냐만

눈물

눈물 많아진다
나이가 든다는 건
어쩌면 눈물일지도

드라마 보다가 울고
신문보다 시큰하고
SNS로 날아온 얘기에도 눈물
마누라 툭하면 눈물이라고
타박하던 내가 눈물이다

감성은 고목 되고
눈물샘 사막 돼가는데
터무니없는 이 눈물
아 눈물샘 가슴으로 옮아간 나이

매섭고 빽빽하던 젊은 날의 눈길에선
무엇을 담고 보았는가
익은 눈으로 보는 세상은 또 달라서

이토록 눈물 날 일 가득한데

세상은 눈을 적셔볼 일이다
미운 것도
버릴 것도
그릇된 것도 모두 나였으니

가을 연정

가을엔 편지를 쓰자
온 산에 불붙고
들판엔 들꽃 잔치
숨이 막혀 산을 오르지 못하는 사연들
다 편지를 써 보내자

편지는 나중에 쓰자
단풍 멀미 예사롭지 않아
몸마저 신열로 끓으니
누구나 붙잡고 울다가
편지는 긴 밤에 써야겠다

그대도 이 밤에 편지를 쓰겠지
사연은 많아도 쓸 말은 하나
불타는 건 단풍만이 아니에요

나는 가을을 타고
그댄 내 가슴을 타고

시가 되고

사연 긴 편지가 되는 그 길에 서자

짜장면

괴로운 일 있을 때 혼자서
혹은 슬픈 사람 여럿이서
짜장면 먹는 걸 보았나

기쁠 때와 즐거울 때
아님 적어도 슬프진 않을 때 먹는 것
이것이 짜장면 진리다

그래서 짜장면은
보통을 먹어도
즐거움은 곱빼기가 된다
생각만으로도 뇌파 감응 후끈하고
먹고 난 표정 금세 바꿀 수도 없다

짜장면집 잘되면
고만고만 사는 사람들
그럭저럭 산다는 뉴스도 된다

짜장면 먹는 일은

나에게 주는

축사와 격려사와 덕담이고

에너지를 심는 일이기도 하니

아무래도

웃기는 짜장면 맞다

가을은

사랑해, 하던 그대 나직한 목소리
바람은 그렇게 다가오고요
발열 체크하듯 낙엽 스칩니다

하늘은 옅은 물색
온 가을 빨아들일 것 같네요

철 지난 옷을 입고 만나도
어떤 소리를 해도
그저 웃음이 나옵니다

물구나무로 길을 가도 거뜬
뭘 먹어도 고급지겠어요

가을은 어떻게 해도 좋군요
참 그대는 모든 것이 가을입니다

라면

온몸 통째로 파마한 채 나타나
일순간 나를 홀려버린 그대 마력
강한 입맞춤에
내 본심 다 들켰지요

날아갈 듯 참 황홀해서
어떤 모습으로 와도 좋고
무얼 해도 사랑합니다

사람이나 먹는 거나
파마에다 기름 바른 건
죄다 혼을 빼놓는군요

할슈타트에 녹다

내가 그곳 어느 길에 섰을 때
그대 바람처럼 일어나
발걸음 멈추게 했었지

나는 호수로 들어가서
그 바람 피하려 했는데
그댄 다시 큰 섬광의 번개가 되고
난 영락없이 그댈 받아들일 수밖에

그 길
그 호숫가
그 가로수들
사람들까지도

나는 갑자기 노스탤지어를 느끼며
벤치에 앉았는데
바람에 책장이 촤르르 넘어가는 소리
내 그림자는 그 소리들 사이에 스며들고

나는 간신히 가로수를 붙들고
그곳의 나무가 되어갔다

어느 순간 누군가가 나를 붙잡고 서서
노래 부르다 울다가
나는 그를 다독였는데
그는 내 옆의 한 그루가 되었다
그럴 수밖에

메주

도자기 빚는 도예가만 알고
두예가(豆藝家)는 모를 거다

콩(豆)으로 메주를 빚고
간장 된장까지 뽑는 신기함
우리 어머니들은 두예가다

"나보다야 백 배는 더 예뻐야제"
"한국의 맛은 여거서 시작이여"

매년 똑같은 독백에
날 받고 치성 보태 빚는 것도 그대로

일 년에 한 번씩 뭉쳐내는
어쩌면 가슴속 응어리들
메주는 띄워도 자신은 늘 숨죽였고
장 뜨고도 맛 잃을까 또 속 끓는다

어머니는 주렁주렁 메주 속에

집을 짓고 사셨다

누구나 별이다

별별 별들이
밤하늘 자기 자리에서
크기도 밝기도 따지지 않고
늘 사이좋게 빛나고 있습니다

자기들은
크기도 모르고
빛나는 줄도 모르고
우리에게 희망인 줄도 모릅니다

별이 별인 줄을 모르듯
사람도 저마다 빛이 있고
누군가에겐 희망인데
우린 그걸 모르고 삽니다

세상 가장 빛나는 별은
바로 사람입니다

스스로 별이라 외쳐야 더 빛나는데
사람들은 그것마저 모르고 삽니다

가을비 맞으며

내게 기대듯
가을비 조용조용 다가오면
그 비 맞으며 그냥 걷자

하늘이 내리는 건
묵묵히 다 받아
마침내 첫사랑같이

가슴을 비비고
뺨을 맞추며
통정할 일이라면

한나절 의식이라도
가을 맞는 준비는 있어야지
몇 번은 숨넘어갈 일 앞에
한 번은 젖어봐야지

소곤소곤 내리는

이 또한 축복인 줄은

아마 가을비도 모를 거다

시월의 찬가

하마터면 무성한 잎들
한 세상만 보다 갔겠지
여름 인내한 덕에 화려한 뒤끝
이 얼마나 오진 행운인가

여름 볕에 휜 등 펴지고
보이는 게 달라지자
사람들은 웃음부터 되찾고

정기적인 착각인지
봄에 못다 쓴 힘인지
화신들 잎마다 꽃물 들이니
떠나기 싫은 바람은 억새 붙들어
날마다 애원이다

무심히 지내던 사람과 눈이 맞고
떠났던 사람 홀연히 돌아오고

굳었던 마음 녹녹해라

아
삶이란 지치고 힘들어도
마침내 시월을 만나는 일이다

추석

아버지 보름달 동행해 오신다니
오십 년 가슴앓이 어머니는
달빛만큼 누그러지시고

내 얘기 귀담아듣는 이 없어도
신바람은 어디서 이는지
그러다 취해서 어쩌면 맺힌 한
아, 아버지 아버지

본능, 어쩌면 운명
우리 명절은 그런 것이기에
추석을 아는 사람들
공연한 설렘과 분주함에 들다가
마음마다 육십 촉쯤 달빛 내건다

가난해도 정겹던 시절
함께 웃고 울던 그리운 사람들
이슬에 씻은 얼굴로 찾아와

저마다 추석이고 보름달 되니

참 반갑고 아름다워라

아, 콧날 시큰해지는 뜨거운 날

북천 꽃천지*

나 어느새 그 들판의 코스모스
또 메밀꽃이고 때론 꽃양귀비
내가 여기 온 것은 황토재*를 넘던 바람
그 바람을 쫓아서였는데
그들은 모두 꽃이 되었고
나는 꽃이 되었다가 바람도 된다

직전리* 사평리*를 꽃으로 물들인
유혹의 바람은 꽃들이 물려받아
바람 같은 사람들 부르고 또 부른다

꽃은 꽃들과 어울릴 때 가장 아름다운 것
바람은 꽃이 되는 운명을 알고 오나 보다
그래도 여기서 꽃이 되지 못하는 건
이명산* 진달래로 필 것이다

사람보다 꽃과 바람을 더 많이 싣는
북천역 기차는 기적 대신 꽃잎을 날리고

레일바이크 꽃마차처럼 지나가면

나는 들판 여기저기를 훑다가

그를 쫓아가는 꽃들의 혼불 되고 말겠다

가을에 외롭고 슬픈 사람들

사철 가을병 앓는 사람들

아직 북천을 알지 못하는 바람들

꽃천지에 수수한 얼굴로 오라

꽃으로 활짝 피는 건 권리다

그대들 부르는 외침에 온 들판 뜨겁다

* 북천 꽃천지 : 경남 하동군 북천면 30여 헥타르의 들판에 갖가지 꽃
  을 심어 계절별로 꽃축제가 열린다.
* 황토재 : 이 지역 국도상에 있는 큰 고갯길.
* 직전리 : 꽃천지가 이 지역에 소재하고 있음.
* 사평리 : 꽃천지가 펼쳐지는 마을의 지명.
* 이명산 : 이 지역에 있는 산으로 해발 570미터.

단풍은 안 될까요

꽃이 되려 하고
꽃에 비유되고 싶고
하다못해 꽃 근처에 서고 싶지요

단풍은 안 되겠습니까
비록 향기는 없지만
열광하는 사람들 좀 보세요

일부러 꽃의 길을 접진 마세요
그러나 꽃이 아니어서 아파하지도
꽃이 못 돼서 슬퍼하지도 말아요

꽃이 되려다 지치거나
그것으로 삶이 너무 힘들면
단풍, 단풍의 길도 있습니다

꽃이 아니어도 빛나는 일은

의외로 참 많이도 있네요

아, 단풍은 안 되겠습니까

소주

참 희한하다
매실 몇 알에 그만 매실주
포도 모과 인삼 국화
하여간 만나는 대로 이름이 바뀐다

내가 소주만 마시면
정체성 잃고 뼈이 없어지는 것이나
분명 소주 마셨을 뿐인 그 친구
독하게 살더니 딱 독주 마신 양

날 만나 독해진 아내를 생각한다
맞아, 그는 원래 소주였어
소주가 하필 날 만났으니

제4부

그 길 어디든 꽃길일지니

하동읍

처음 가면 그저 놀랍고
두 번째 가니 돌아오기 힘들었다
세 번 가면 딱 정드는 곳
강촌의 하동읍*은 그렇다

섬진강과 의좋게 타협한 터
모르는 이웃이 없고
알아야 할 일은 다 아는 일가촌
너뱅이들 알곡은 넉넉하고
갈마음수의 산(渴馬山)*은 서기롭다

경전(慶全)의 기차
눈밭을 뛰는 순한 발자국 소리로
강을 건너고
그 소리들 모여들어 웅성거리면
산자락마다 꽃은 피어
매화 벗꽃 앵두꽃 배꽃 잔치들

사람들은 그 꽃을 닮아
더 피지 않아도 좋은 세월을 살고
재첩국과 참게가리장*을
물리도록 끓여내는 곳

사랑을 얻은 연인은 송림*에 가고
이별로 아픈 사람은
강이 호수로 보이는 섬호정*에 간다

사람은 사는 곳을 닮는 법
산은 정다워라
강은 아름답고
바람은 부드러운 곳

세 번 가면 눌러앉을까 봐
마음 약한 사람은 두 번만 가고
한 번만 가본 사람은
날마다 그리워서 야위어가는

하동읍을 어찌할꼬

* 하동읍(河東邑) : 경남 하동군 군청 소재지. 섬진강 하류에 있고 전남
  과 마주함.
* 갈마음수의 산(渴馬山) : 갈마산은 하동읍 중심에 있는 산으로서 목
  마른 말(갈마)이 물을 먹는 형상이라 함.
* 참게가리장 : 참게를 갈아서 찹쌀가루를 넣고 걸죽하게 끓인 장국
  으로 하동지방 향토 음식.
* 송림 : 하동읍 섬진강변에 있는 300년생 소나무 군락지로서 천연기
  념물. 백사장과 어우러져 경치가 좋음.
* 섬호정 : 하동읍 갈마산에 있는 정자. 섬진강이 내려다 보이는 경치
  좋은 곳임.

기적

세계 31위 한국 럭비팀
도쿄 올림픽에서
뉴질랜드에 5 : 50으로 졌는데
정연식 선수가 올린 5점은
올림픽 첫 득점이란다

충주호와 팔당호에 한강까지 만든
검룡소 물 한 방울이 기적이듯
이것은 기적이다
어떠한 기적도 시작은 다 이랬다

비행기도 하늘 높이 날기 위해
반드시 땅바닥부터 기지 않더냐

붕어빵

추운 길 추운 사람들 데우려고
여기까지 헤엄쳐 왔구나

시장기 달래라고 팥과 슈크림 먹여
온돌에 뉘었더니 어느새 잠든 너

네 체온에 기대는 것만으로도
위안이 되는 사람들 많다

뜨겁고 달콤한 건 사랑 아니더냐

맞구나
네가 사랑이었어
다들 너를 보며 웃더라니
다들 너를 안고 가더라니

눈물 나는 날

참 착한 아이가 취직이 안 돼
사랑하는 사람과 헤어졌단 얘기에
내 과거사인 것 같아 울었다

일자리 잃고 살길 막막하여
그만 세상을 등졌단 소식에
지금의 나 같아서 큰 소리로 울었다

아내 죽고 홀로 키운 딸아이
마침내 학력고사 날
나름 정성껏 싼 도시락인데 어떻냐며
친구가 보낸 사진 보고 막 울었다

폐지 줍는 할아버지 할머니들은
왜 하나같이 몸들이 불편한가
그렇게 키워주신 할머니 홀로 두고
입대한 손자 얘기엔 또 얼마나 울었던가

세상 왜 이리도 어렵나
눈물 쏟으며 눈물의 바다를
헤엄쳐 건너가는 것이 삶인가

취직 자리 뻔한데 모두에게
합격하란 소리 이제 그만하자
낼 수 없어서 힘을 못 내는데
힘내란 소리도 그만해야겠다
그 말밖에는 해줄 게 없어서
돌아선 우린 또 얼마나 아리고 아픈가

행복하기도 참 미안한 세상
어느 날부터 울다가 잠드는 날 많다

눈꽃

봄꽃으로 피지 못했고
단풍으로도 피지 못한 것들
재수 오지게 없다며 참 섧었다

마침내 겨울에 필 걸 모의했고
봄꽃과 단풍의 화려함에
입은 상처 작지 않아
무채색으로 피는 결단을 내렸다

세상은 하얗게 호응했고
세상에 온 건 어떻게든 피는 거라고
하늘의 메시지도
자꾸만 내리고 있었다

동지팥죽

불길 같은 뜨거움 담고도
내색 않는 네 표정에 속아서는

앗 뜨거라

나이 한 살 더 먹는 건
그런 것
뜨겁고 힘들어도 꾹 참을 줄 알고
함부로 숟가락 들고 덤비지 마라

엄동설한 뜨거운 가르침
참 준열하다

한밤에 눈 내리니

한밤에 눈 온다
내리는 눈송이만큼
함께한 추억은 많아서
눈길에 남긴 사연도 가득한데
그댄 어디서 이 눈 맞이하는가

바람 따라 춤추는 눈처럼
난해한 세월은 흘러
하고픈 말 눈처럼 쌓이고
함께했던 날들의 추억은
갈수록 빛나는데
그댄 어느 눈 내리는 거리에 있는가

내 맞는 눈은 그대여서
속삭여주던 밀어처럼
부드럽던 머릿결처럼 쌓여만 가는데
슬픔은 밤처럼 깊어

나는 그대를 부르며

온 거리에 눈발처럼 흩날린다

꽃길

학교 가는 길 꽃길인 거
어른 되고서야 알게 되듯
출근길 꽃길이었다는 것과
꽃길만 걸으란 말이 뭔 뜻인지도
그 길 벗어나야 안다

학생일 땐 공부가 꽃이었고
어른에겐 일이 꽃이란 것도
그때그땐 잘 알지 못할 일이다

길에선 무수한 것들 만난다
그중에 많은 꽃들 있다는 것도
바로바로 알지 못할 일이다

늘 더 좋은 길에 욕심 나겠지만
그런 길 위험하고 사고도 잦다
어떤 길이 좋을까 탐하지 말고
어떻게 가야 안전할지 생각하면

그 길 어디든 꽃길일 것이다

오늘도 고단한 출근길 나서겠지
꽃길 크게 외치고 나서라
꽃길 가는 사람도 다 꽃이니

연탄 백 장

찬바람 옷 속까지 파고들 때면
길거리 가로수
따뜻하고 예쁜 옷을 입는다

나무들 겨울날 걱정에 옷 입힌
아름다운 사람들 마음엔
아마도 연탄 백 장 타고 있을 거다

세상엔 연탄 백 장쯤
거뜬히 넣고 다니는 사람들 있어
이 추위에도 온기가 돈다

아 그대야 당연히 이백 장이지

집

인생은 나그넷길이라 할 때 알아봤다
정처 없는 발길 운운할 때 싹수 노랬다

세상에 갈 수 있는 길은 많은데
집으로 가는 길이 없어진다

죽을 때도 집에서 죽지 못하면서
살아가는 꿈이란 게 집 장만이라니
집이 행복일 순 있어도 희망이라니
사람 사는 모습 이런 것이더냐

집은 돈이 차지하고
개도 거기서 살던데
사람은 길고양이 가족 되겠다

다들 구름 나그네를 노래할 때
정말 그랬다

별일 없는 일

고향의 어머니
매일 문안전화에도 한결같이
모두 별일 없나
나도 별일 없다

어느새 벗들과도 지인과도
늘 별일 점검하듯 인사
별일은 별고와 큰일이란 말이다

머리는 알아도 몸이 모르는 게
어디 한둘이더냐만
별일 없음이 최고의 축복이란 걸
몸도 자각하려면
세월 좀 살아봐야 한다

별일 없이 살고픈 별난 세상
그걸 빌어주는 게 얼마나 큰 건지

고맙단 말로 퉁치기엔

참 미안한 일이다

청국장

사람 익는 것이 그렇듯
발효 그 길도 얼마나 고단했길래
향취 앞세우고 온 그대의 첫 대면은
온 신경 마비될 비상사태였다

코 막고 눈 감고 고개 틀며
황급히 위기를 피했으나
이 무슨 조화라서 자꾸 당기는 거야
질겁하던 내 낯짝은 어쩌라고
아 부끄럽다

쉽게 내어주는 게 어렵지만
한번 까딱하면
하염없이 푹 빠지고 마는 나처럼
여기 또 하나의 나 같은 게 있다니

아예 처음부터 이럴 것이지

신통하고 방통해서

생각만 해도 웃음이 끓어오른다

머위

쓴맛 갖고 사랑받는다 수군대지만
쓴맛 단맛 다 보고 난 뒤엔 알게 된다
진정한 입맛의 지배는 쓴맛에 있음을

달달한 삶을 이끌어낸 것도
눈물겹게 쓰디쓴 날들이 아니었던가
쓴맛으로 사랑받는 것도
쓴맛을 사랑하는 것도
그 끝의 진정한 단맛을 알기 때문일 터

지금 쓰다고 고개 숙이지 마라
쓰다고 오직 쓰기만 한 것도 아니고
못나서 쓰기만 한 것도 아니다

사람도 세상도
쓴맛으로 바르게 서는 법
어찌 쓴 것들 달게 여기지 않으랴

내 삶에 온 대통령

뽑고 나면 딴 나라 대통령이었어
그는 그였고 우린 우리였는데
말까지 외계어를 쓰는지
대변인이 해석해줄 때가 많았고
언론은 또 이런 뜻이니 저런 뜻이니 했지

진짜 우리 대통령을 뽑고 싶어
우리랑 다 같은데 직장만 청와대인 사람
우리와 같은 말을 하고
우리의 고민을 알고
우리를 속속들이 잘 아는
내 삶에 들어온 대통령을 뽑고 싶어

어떤 사랑

사랑은
열 받는 게 아니라
열 오르는 일

그대와의 사랑 딱 그러해서
해열제가 필요했지요

서로가 원하던 바여서
만난 순간 순순히 받아들였는데

그 일 그만 국가가 다 알아버렸고
한 번 갖곤 안 된다며 등 떠미네요

그런데 말입니다
왜 같은 백신만 만나라고 그러죠

사랑을 느낄 때

침묵도

큰 울림인 것을

그때 알았습니다

떡국

하루하루 얼마나 절박하게 사는데
나이 한 살 국물로 홀짝 마시다니
차지게 쌓은 한 해가 달랑 한 그릇이라니
그런데 그리 간단한 건 아닐 거다

나이 더하는 건 마음 뻑뻑한 일
부담되는 나이 먹다 체하지 말라고
헐렁한 국물로 끓여냈을 것이다

가끔씩 떡국을 먹어야 하는 것은
내 나이가 몇이고 나잇값은 하는지
따져보고 돌아보란 뜻일 거다

나이 더할수록 빡빡하게 굴지 말고
좀 헐렁해지고 둥글어져야 한다는 걸
오감으로 일깨워주려는 뜻도 있을 거다

세상엔 먹는 걸로 깨달음 주는 게 많다

가끔은 떡국 먹다 눈물 어려

그만 철이 드는 것도 그런 이유일 것이다

떡국은 어머니고 선생님이고

철학이 아니겠느냐

작품 해설

인고의 세월 속에서 피워낸 한 송이 꽃

전 기 철 (문학평론가)

1

목소리는 그 사람이다. 더욱이 목소리는 그 사람 내면의 음
파다. 그리고 한 사람의 내면의 음파가 시의 목소리다. 그 목
소리에 그만의 삶, 인격, 성미, 그리고 절박함이나 내면이 묻
어난다. 따라서 시의 목소리는 그 시인의 지문이다. 그만큼 시
의 언어 속에는 시간과 장소의 목소리가 묻어 있다. 절박함과
느슨함, 그리고 밤과 낮, 고향과 객지의 언어가 목소리에 배어
난다.

그동안 우리 시는 지식인 중심의, 학교와 같은 제도권의 목
소리가 중심 흐름을 이루었다. 따라서 우리 시는 '시론'의 목
소리, '시 창작법'의 목소리를 변주한 것들이었다. 그 목소리는
매끄러운 말투와 이미지를 통해 지금, 여기 너머의 세계를 지
향한다. 그래서 시인의 목소리는 우울하거나 절망적이며, 따
뜻함보다는 차가움을 드러내거나 비관적이다. 더욱이 오늘날
시인들의 목소리는 더욱 먼 나라에서 울리는 듯하다. 지식으

로 들려주는 목소리는 신비스럽기는 하지만 삶이 묻어나지 않는다. 요즘 시에서 많이 보이는 지적인 목소리는 극히 관념적이며 기호적이다. 그 목소리에는 지금, 여기의 냄새가 없어서 왠지 꾸민 듯 공허하고 난해하다.

시를 쓰기 위해서 사람들은 대학을 가거나 전문 시인에게 사숙을 하거나 독서를 통해서 오랜 수업 과정이라는 통과의례를 거친다. 그 과정을 통해서 시인은 정서를 다듬고 언어를 순화시킨다. 그리하여 시인은 규격품의 시적 감성과 언어 생활자가 된다. 그와 함께 감성과 언어는 다듬어지고 매끈해진다. 이렇게 훈련된 시인은 자신의 것이라기보다 보편적인 시인의 것이라고 하는 쓸쓸하고 외롭고 절망적인 의식을 갖게 된다. 그러다 보니 시는 개인의 고유한 정서나 언어는 쪼그라들고 시의 보편적 규범에 맞춰진다.

이런 차갑고 관념적인 목소리와 다른 음색을 내는 시인이 있다. 그 시인은 자신의 내면에서 오랫동안 우린 목소리를 낸다. 그의 시에는 그가 딛고 선 땅과 다니는 길, 그리고 그의 말투가 맨 목소리로 그대로 울린다. 그의 목소리는 소심하다. 그의 시에는 색다른 시어랄 것도 없고, 특별한 상상력도 보이지 않는다. 보통 사람의 생활 속에서 나오는 목소리를 그대로 시로 옮기고 있기 때문이다. 그 시인이 이경규 시인이다. 그는 타고난 목소리로 시를 쓴다. 그 시는 자신이 살아낸 세월을 그대로 드러내는 내면의 소리다.

　　머리는 알아도 몸이 모르는 게
　　어디 한둘이더냐만

별일 없음이 최고의 축복이란 걸
몸도 자각하려면
세월 좀 살아봐야 한다
                              ―「별일 없는 일」 부분

  그것은 "세월 좀 살아봐야" 낼 수 있는 목소리, "별일 없음이
최고의 축복"이라는 걸 아는, 흙냄새 나는 목소리다. 그래서
시인은 별일 아니라고 "퉁치"고 싶은 세상을 향해 그만의 목소
리를 내고 싶어 한다. 그도 현실이 만만하지 않다는 걸 안다.
소시민이기 때문이다. 하지만 그 만만하지 않는 현실에서 그
만의 날것을 오체투지하는 벌레처럼 온몸으로 쓴 시가 이경규
시인의 이번 시집 『뜨거움은 꽃으로 피고』이다.

  2

  이경규 시인의 시에서는 소시민의 정서나 언어가 적나라하
게 드러난다. 그만큼 그의 정서나 언어는 기존의 시인들과는
많이 다르다. 그는 보통 사람들의 일상에서 언어나 정서를 그
대로 표현하기에 '고만고만 사는 사람들', '그럭저럭' 사는 사람
들의 생활이 시적 대상이 된다.

짜장면집 잘되면
고만고만 사는 사람들
그럭저럭 산다는 뉴스도 된다

짜장면 먹는 일은

나에게 주는
축사와 격려사와 덕담이고
에너지를 심는 일이기도 하니

아무래도
웃기는 짜장면 맞다

— 「짜장면」 부분

　위 작품에서 보듯 그의 시는 슬픔이든 기쁨이든, 혹은 사람
이나 외로움, 즐거움 등 감정을 있는 그대로, 다시 말하면 정
서의 민낯을 적나라하게 표현한다. 그 감성들은 사시사철 계
절에 따라 나타나는 것들이다. 시들이 봄에서 여름, 그리고 가
을 겨울에 따라 즉흥적인 감성을 드러낸다. 따라서 시집은 봄
에는 봄의 정서가, 가을에는 가을의, 그리고 겨울에는 겨울 나
름의 정서로 변주된다. 이는 서정주가 「국화 옆에서」에서 "봄
부터 소쩍새는 그렇게 울었나 보다"라고 한 것처럼 인고의 과
정에서 오는 것이기 때문이다. 다시 말하면 오랜 시간의 세파
를 통해서 그때그때 건져 올린 소시민의 의식이 그대로 시가
된 것이다. 1부가 봄의 시라면 2부는 여름, 그리고 3부가 가을,
4부는 겨울에 일어날 수 있는 정서를 소재로 한 시편들이다.
그 시들은 봄에는 봄꽃 소재를 많이 쓰고, 여름에는 여름의 꽃
과 사물들, 그리고 가을은 단풍과 가을꽃, 겨울은 눈과 서리
등 자연 속에서 나타나는 정서와 삶의 애환이다.

봄비가 희망이랬지
그대 가고 봄비 오니 새 사람 올 테다

전에 없던 용기고 의미
봄비는 그래서 오는 거다

　　　　　　　　　—「그대 가고 봄비 오네」 부분

막상 떠나면 그리울 것들 많고
지겹게 뜨거웠던 날들도 추억 되겠지
그런 것들 밤비가 거둬서 참 다행이다

　　　　　　　　　—「여름, 밤비 따라가네」 부분

분주하게 설레다가
명절 고향 가듯
온 민족 단풍으로 든다

　　　　　　　　　　　　—「가을 쇠자」 부분

추운 길 추운 사람들 데우려고
여기까지 헤엄쳐 왔구나

　　　　　　　　　　—「붕어빵」 부분

　위 시들은 계절 따라 만나는 꽃이나 사물들에서 느껴지는 정서를 즉흥적으로 그려내고 있다. 그에 의하면 시란 별다른 게 아니라 그 시간과 장소에서 느껴지는 감성이다. 계절 따라 느낌이 다르고, 만나는 사물에 대한 감각 또한 다르다. 그때그때 다가오는 정서나 생각나는 사랑하는, 혹은 사랑했던 사람에 대한 그리움을 그대로 적어내면 시가 된다는 걸 이경규 시인은 보여준다. 시인은 세월이 지난 후 서정주처럼 "이제는 돌아와 거울 앞에 선 내 누님 같은 꽃"이 자신의 시라고 생각하기 때문이다.

　그러므로 시인은 지식인처럼 관념에 과도하게 함몰되어 고독이나 슬픔, 사랑, 그리움을 자폐적으로 표현하지 않는다. 그보다는 감성을 일상화하고, 그 감성을 통해 시적 대상을 본다. 유독 소재로 꽃을 많이 쓴 것도 마찬가지이다. 시집을 뒤덮고 있다고 해도 과언이 아닐 정도로 꽃이 소재로 많이 쓰이고 있는데, 그 꽃은 상징으로 쓰인 경우가 대부분이다. 그것도 희망을 매개하는 상징이다.

> 초롱초롱한 눈망울로
> 구름보다 흰 등불 든 채
> 이 계절 밝히는 혼불이 있었으니
> 　　　　　　　　　　　　　—「초롱꽃」 부분

> 손길 자꾸만 뻗어서는
> 품속 같은 그늘 만들더니
> 기어코 꽃등불까지
> 　　　　　　　　　　　　　—「등나무 꽃」 부분

> 학생일 땐 공부가 꽃이었고
> 어른에겐 일이 꽃이란 것도
> 그때ㄴ땐 잘 알지 못할 일이다

> 길에선 무수한 것들 만난다
> 그중에 많은 꽃들 있다는 것도
> 바로바로 알지 못할 일이다
> 　　　　　　　　　　　　　–「꽃길」 부분

꽃은 "계절 밝히는 혼불"이 되고, "꽃등불"이 되기도 하고, 공부나 일, 길에서 만난 "무수한 것들"이 되기도 한다. 일상에서 만나는 슬픔이나 아픔들에서 꽃과 같은 희망을 발견하는 것은 여러 시에서 많이 나타난다. 이러한 구절을 찾아보면, "해 뜨는 한 희망이라고"(「해바라기」)나 "봄비가 희망이랬지"(「그대 가고 봄비 오네」), "우리 아이를 안고/같이 갈 이정표 내다 걸/이제 그 일들 시작이다"(「결혼」), "집이 행복일 순 있어도 희망이라니"(「집」) 등의 표현에서 보듯 슬픔이나 아픔을 희망으로 치환하는 의식은 그의 상상력이 그만큼 건강하다는 의미일 것이다. 그것은 긴 세월 속에서 건져 올린 소시민적인 희망이다. 소시민은 하루치의 절망과 고독, 외로움을 그때그때 이겨내며 내일로 넘어가지 않으면 안 되기 때문이다.

그와 함께 '뜨겁다'는 어휘가 '눈물'이라는 단어와 함께 무수히 나타나는 것도 함께, 더불어, 같이 품어내려는, 따뜻한 희망으로 보듬으려는 시인의 의식에서 비롯한다. "삶이란 지치고 힘들어도/마침내 시월을 만나는 일"(「시월의 찬가」)처럼 결국에는 희망의 불씨를 지피는 일이라는 걸 시인은 강하게 표현한다.

추억은 뜨거움을 부르고
나는 입을 맞추듯 커피 한 모금
그리운 그대는 어디 있길래
뜨거운 이 한 잔에 이토록 가득 어리는가

아직도 내 사랑이란 마지막 인사는

결국 뜨거운 눈물로 쓰겠다

—「커피 그대 편지」 부분

아픔이 지나가면 꽃 시절 온단 말을 대대로 깨우쳐주는
것이 참 고마워서 봄날의 흥겨운 장단 그대와 나누려고 곁
은 언제나 뜨겁습니다

—「벚꽃」 부분

이러한 따뜻한 정서는 '눈물'로 해소하기도 한다. 이는 아픈
사랑을 극복하거나 「결혼」에서처럼 사랑의 결실을 만들어가는
과정에서 잘 나타난다. 이때는 꽃잎조차 "펄펄 뜨겁게" 날아
오른다. 이는 "돌 보기를 희망같이 해야 한다"(「돌」)는 긍정적인
의식에서 가능하며, 또한 시인이 소시민의 일상 정서를 그대
로 드러내어 '이 또한 지나가리라'라는 의식 때문에 가능하다.

용돈 아끼고 아껴선
갈비 좋아하는 아내를 데리고
수입소 숯불갈비에 간다

소주 한 병은 시켜야지
아내에게 갈비 한 점이라도 더 가려면
나는 술을 들고 말도 많아야 한다

식구들에게 미안하고 부끄러워서
누가 이걸 만들었냐고 원망하며
나는 내 안의 설움을 속으로 씹는다

또 여길 오려면 얼마나 지나야 하고
몇 푼 용돈은 또 얼마나 아껴야 할까
울컥하니 눈물 돌고
연기 탓하며 눈가 훔친다

— 「숯불갈비」 전문

어찌 보면 이러한 소심함이 시인의 매력인지도 모른다. 이러한 정서는 "사랑을 주고/그대에게 와락 무너지"(「기울어지는 일」)는 것도 가능하지만 사랑하는 사람에게는 한없이 작아질 수 있음을 보여주기도 한다. 이는 이팝꽃을 보고 쌀꽃이라고 하거나(「이팝나무 꽃」) 박수칠 때 떠난다거나(「벚꽃」), 바다부터 기어야 한다(「기적」)는 표현 등 일상에서 흔하게 들을 수 있는 말들을 할 수 있는 정서에서 가능하다. 세월 속에서 묻어나는 의식이며 말들이다.

애환에 길들여진 정서는 자신의 세월 속에서 만난 일상어를 그대로 시어로 끌어들이는 데에서도 잘 나타난다. 그 일부만을 인용해보면 다음과 같다.

가슴팍 촘촘히 아픔들 박은 채
목뼈 휘도록 도리질하면서도

— 「해바라기」 부분

세상엔 식어서 종 치는 것이 있고
뜨겁게 끝나는 것도 있다지만

— 「사랑이 떠나가듯 봄은」 부분

가는 마당 꼬장까지 부리느냐

—「꽃샘추위」 부분

봄일 볼장 다 본 거는

—「산수유꽃」 부분

　위에 든 말들 외에도 '면치기' '수입소' '웃기는 짜장 맞다' '그
쪽' '오지다' '인생은 나그넷길' '퉁치다' '신통방통' 등 속어들이
시 속으로 쉽게 들어온다. 대중가요의 노랫말도 아무렇지 않
게 시에 들어오기도 한다. 이는 소시민의 질그릇 같은 삶에서
취재했음을, 그들의 말투를 그대로 시 속으로 끌어왔음을 보
여준다. 그동안 우리 시는 일상어를 쓴다고 하지만 투박하지
않은 순화된 말들을 써왔다. 그만큼 시는 교양적이고 댄디했
다. 하지만 이경규 시인에게 있어서 시는 맨 얼굴과 말투를 그
대로 옮기는 일이다.
　다른 한편 투박하고 소심한 시인은 골목길에서 만날 수 있
는 사물들을 시의 소재로 끌어들인다. 청국장이나 커피, 메주,
라면, 짜장면, 소주, 붕어빵, 연탄, 떡국 등 때 묻은 사물들을
시적 대상으로 삼는다. 그리고 그 사물들에서 삶의 지혜와 상
상력을 얻는다. 이런 사물들은 오랫동안 그의 내면에서 우린
것들이다.

온몸 통째로 파마한 채 나타나
일순간 나를 홀려버린 그대 마력
강한 입맞춤에

내 본심 다 들켰지요

—「라면」부분

시인은 라면이라는 사물을 통해 자신의 본심을 보이고 혼까지 빼앗긴다. 또한 메주에서는 어머니의 모습을 본다.

"나보다야 백 배는 더 예뻐야제"
"한국의 맛은 여거서 시작이여"
…(중략)…
일 년에 한 번씩 뭉쳐내는
어쩌면 가슴속 응어리들
메주는 띄워도 자신은 늘 숨죽였고
장 뜨고도 맛 잃을까 또 속 끓는다

어머니는 주렁주렁 메주 속에
집을 짓고 사셨다

—「메주」부분

메주라는 사물을 매개로 어머니의 내면을 들여다본다. 이는 붕어빵이나 소주, 떡국, 숯불갈비, 짜장면을 통해서 비슷하게 나타난다. 생활 속에서 만나는 사물들에서 지혜를 발견하고 시적 상상력이 발휘된다. 그 사물들은 그와 함께 살아온 것들이며, 그만큼 그의 내면이 묻어 있는 것들이다. 그것들은 내면의 매개가 되는 사물들이다.

그렇다면 소심한 시인이 궁극적으로 추구하는 건 무엇일까? 그것은 공감이다. 인생의 쓴맛 단맛 다 보면서 살아온 사람이

결국 가장 소중하게 내면에 품고 있는 것은 너와 나 사이에 흐르는 핏줄이며, 그리고 그것은 사랑이며, 공감이며 화해다. 시집을 읽으면 사랑했던 사람, 어머니, 아버지에 대한 그리움, 세월 속에서 겪어왔던 무수히 많은 일들을 아련하게 바라보는 시인의 모습이 선하다.

3

이경규 시인은 오랜 세월의 인고 속에서 한 송이 꽃을 피웠다. 그 꽃은 서정주의 "누님 같은 꽃"이며, 만공의 "우주의 꽃"이다. 그러므로 시인은 이 한 송이 꽃을 피우기 위해 봄-여름-가을-겨울을 견디며 지내왔다. 꽃샘추위도 거치고 거센 폭풍우도 지나왔으며, 무서리와 찬바람, 그리고 눈보라와 냉골의 인내도 지나왔다. 그사이 은혜를 입은 사람도 잃고, 사랑하는 사람도 떠나보냈다. 몸은 부실해지고 마음조차 허물어져 간 후 저만치 핀 한 송이 꽃, 그것이 이 한 권의 시집이다. 그는 마름질하듯 틀에 맞춰 살아오지 않았다. 거칠고 투박한 삶속에서 늘 조마조마하며 소심하게 살았다. 그만큼 시에 대한 논리 또한 돌아보지 않았다.

필자의 입장에서 보면 어쩌면 그의 시는 우리 시대 반드시 필요한 바닥 민심의 목소리가 아닌가 싶다. 요즘처럼 댄디하고 주지적(主知的)인 시의 경향 속에서 소시민의 의식 밑바닥에서 배어나오는 언어야말로 지금, 여기의 시가 아닌가 싶다.

우리 시대 젊은 시들에는 삶이 아직 영글지 못해 언어 중심의 모자이크나 과도한 주의(主義)와 경향성에 함몰되어 있어서 삶의 현장성이 거의 보이지 않는다. 오직 첨단의 의식만을 보여주는 이러한 시들은 우리 시의 변이라고 할 수 있다. 젊은 층 사이에서 이 변이가 바이러스처럼 퍼지고 있는 현실에서 이경규 시인은 우리의 말과 우리의 정서를 표현하려고 애쓴다. 이는 그가 얼마나 오랜 인고의 세월을 하나의 시 언어로 표현하려고 애썼는가를 보여준다.

　우리의 삶에서 우려낸 의식을 표현하는 데에 시의 어법이나 구성법이 그렇게 큰 몫을 차지하지 않는다고 본다면 이경규의 시는 유의미하다 할 수 있을 것이다. 그가 피워낸 한 송이 꽃이 공감의 향기로 퍼져가길 바란다.